PORTRAITS HISTORIQUES

AU DIX-NEUVIÈME SIÈCLE

29

BÉRANGER

PAR

HIPPOLYTE CASTILLE

Auteur de la Seconde République (1848 à 1852)

AVEC PORTRAIT ET AUTOGRAPHE

Prix : 50 centimes

PARIS

FERDINAND SARTORIUS, ÉDITEUR

9, RUE MAZARINE, 9

1857

Je dois donc regarder comme une simple témoignage de souvenir de la part de votre comité, la lettre que vous me faites l'honneur de m'adresser. Malgré l'impossibilité où je suis d'y répondre, dites donc, je vous prie, Monsieur, à M. M. vos collègues combien j'en suis touché, et ayez la bonté de leur présenter mes remercimens les plus affectueux.

Agréez en particulier, Monsieur, l'expression de ma plus parfaite considération

Votre dévoué concitoyen

Béranger

Passy, 25 oct.bre 1848.

Tiré de la Collection de M. F. Drouin.

Paris, Ferd. Sartorius, éditeur 9 r. Mazarine. Imp. Villain, 45, r. de Sèvres, Paris.

PORTRAITS HISTORIQUES

Au dix-neuvième siècle.

29

BÉRANGER

PAR

HIPPOLYTE CASTILLE.

PARIS
FERDINAND SARTORIUS, ÉDITEUR,
9, RUE MAZARINE, 9.

1857

PARIS

IMPRIMERIE DE L. TINTERLIN, ET Ce

rue Neuve-des-Bons-Enfants, 3.

BÉRANGER.

> « Il n'eût tenu qu'à moi de me faire illusion sur le mérite de mes ouvrages. J'ai toujours mieux aimé attribuer ma popularité, qui m'est bien chère, à mes sentiments patriotiques, à la constance de mes opinions, et, j'ose ajouter, au dévoûment avec lequel je les ai défendues et propagées. »
>
> BÉRANGER.

Je ne sais si je me trompe, mais il me semble qu'à moins de se présenter dans le monde sous forme de dictionnaire biographique, un livre aurait aujourd'hui mauvaise grâce à venir apprendre au public que M. de Béranger (Pierre-Jean) est né à Paris,

En l'an du Christ mil sept cent quatre-vingt,
Chez un tailleur, *son* pauvre et vieux grand-père.

Toutes ces choses sont dites, ou plutôt rimées et chantées avec infiniment d'esprit, dans ce que M. de Béranger nomme ses *Mémoires chantants* et qui ne sont autre chose que ses chansons.

Nous nous sommes heureusement engagés à offrir au public, non des biographies, mais des portraits. Celui-ci demanderait le pinceau délicat d'un Terburgh ou d'un Mieris.

Ce n'est pas qu'en son genre la physionomie de M. de Béranger ait rien d'incompris et d'incompréhensible. Il ne ressemble pas, sous ce rapport, à ces malades de génie, moitié fous, moitié ivres, décevants comme un projet, vagues comme la lumière des étoiles et comme les pensées qui naissent de la bouteille. Il n'a rien des fatalités vraies ou maniérées du siècle où nous vivons.

C'est, au contraire, une figure très-nette, très-arrêtée, comme le Voltaire de Houdon ou quelque autre figure française du dix-huitième siècle. M. Charlet, avec un simple trait, a dessiné, en pied, dans sa force et dans sa grandeur, ce petit bourgeois, tout voisin du peuple, ce petit-fils de tailleur, qui, d'ailleurs, a lui-même une étonnante ressemblance avec tel vieux tailleur pauvre d'il y a quarante ans. On retrouverait encore ce type, presque perdu, parmi nos petites villes et nos bourgs, dans les localités où ne passent ni grandes routes, ni chemins de fer.

La silhouette de M. Charlet, la plus populaire peut-être des effigies de l'illustre chansonnier, représente, on le sait, M. de Béranger debout, vêtu d'une longue redingote dite *à la propriétaire*, pantalon à grand pont et pantoufles. Le col de chemise est droit et raide. Le bras est enfoncé dans la poche avec la philosophie de Jacques Bonhomme, mais en même temps avec plus de résolution que le caractère réel du fin chansonnier n'en comporte.

Au reste, le portrait tout entier est une flatterie d'homme du peuple à homme du peuple. Cette flatterie éclate surtout dans la tête légèrement inclinée, pensive et forte, demi-chauve, avec des cheveux pendants sur le collet de l'habit. Je ne sais quelle vague préoccupation du buste de Socrate mêlée à ce trait tout moderne, tout parisien, où le crayon du caricaturiste s'est évidemment ennobli d'une arrière-pensée politique.

C'est bien une physionomie d'homme du peuple. Mais on comprend que la Révolution a passé par là. Ce front pensif a médité sur les droits de l'homme, ce ferme dessin de la lèvre et du menton, cette noble accentuation du nez (ô Charlet, que vous mentiez avec complaisance !), la raideur même du col, tous ces détails, si soutenus, sont du peuple-soldat, du vainqueur de la Bastille, du combattant de Juillet. Il n'est pas jusqu'à la redingote, trop longue pour ne pas se souvenir de la veste, qui n'exprime un ordre d'idées : la vente des biens nationaux, le peuple élevé à la dignité de possesseur du sol.

Selon moi, la silhouette de M. Charlet donne un symbole plus qu'un portrait. C'est M. de Béranger, si l'on veut, mais c'est avant tout le peuple législateur, soldat et propriétaire.

Moins grand, moins simple que le caricaturiste, mais bien plus réel, bien plus exact dans son genre de flatterie (car il flatte aussi), M. Scheffer n'a ennobli le petit bourgeois que par les beaux côtés du front, par un peu de mélancolie sur l'ensemble des traits et par les barreaux de fenêtre de prison qu'on aperçoit derrière le buste. Ces barreaux sont là avec une intention aussi marquée que la voile perdue à l'extrémité de l'Océan dans le radeau de *la Méduse* de Géricault. Le pinceau orléaniste de M. Scheffer les a mis près de cet homme illustre comme une amère récrimination contre le règne des Bourbons. Ils ont le mérite d'être vrais, historiquement. Ils satisfont, d'ailleurs, quiconque est révolté de voir appliquer des peines corporelles à propos des choses de la pensée. Ils grandissent ce simple chansonnier, comme jadis les verroux de la Bastille grandissaient les philosophes et les pamphlétaires du siècle qui prépara la Révolution.

Mais si le peintre a soutenu, lui aussi, son portrait, et, selon la méthode de son école, ennobli son modèle, s'il l'a revêtu d'un reflet poétique propre à capter l'imagination des foules, il a, plus fidèlement que M. Charlet, accusé dans la patte d'oie des yeux, dans les rondeurs du nez, du menton et des joues, les côtés sensuels du membre de la société du *Caveau*. Laissez dévaller un peu plus franchement ce menton, ces lèvres et ces muscles maxillaires, que Rabelais nommaient les *badigoinces*, ne craignez pas que ce nez ne sente un peu plus la bouteille, et vous aurez, sans affaiblir les grandeurs répandues sur le front, sans atténuer la mélancolie et la finesse du regard, fait le dessin d'un véritable Béranger.

Car, dans ce portrait, je veux retrouver l'abus des bons repas, — la politique dînait beaucoup sous la Restauration. — Je veux du vin dans cette ronde figure de chansonnier; j'y veux même un peu de....... comment dirais-je?... un peu de galanterie, puisque dame Galanterie s'ébaudit çà et là à travers l'œuvre de ce chanteur populaire, — ou, sinon, le portrait mentira.

Voyez, charbonnés sur les murs, quelque

obscénité grotesque à côté d'un vers de la *Marseillaise*, et vous aurez l'expression dominante de ce mâle et joyeux Gaulois fait pour la guerre, l'amour et les chansons. Il aura beau devenir démocrate puritain ou bourgeois moral et grave, le Gaulois reparaîtra dans ce Français tout moderne, né de la dislocation de la société française, de l'excès de nos dernières révolutions, de leur impuissance, au moins momentanée, de réaliser leurs principes. Il ira à la messe le matin, parce que la messe est conservatrice ; mais il lira le soir Voltaire ou quelque autre désorganisateur.

Dans le portrait fort étudié de M. Scheffer, portrait flatté, nous l'avons dit, portrait d'ami (les opposants de la Restauration entendaient fort bien l'art de la sympathie), il y a comme un désir de concilier le mensonge avec la vérité, en laissant entrevoir celle-ci sous le jour le plus flatteur.

Montaigne, dans son *Voyage en Italie*, parle des courtisanes romaines qui, vues de la rue à leur fenêtre, paraissent toutes belles, parce qu'elles ont l'art de se montrer au public du côté et dans l'attitude qui leur va le mieux. Montez au bouge galant, et vous serez désenchanté. C'est bien la même femme, mais cette fois vue de face, et non de profil perdu ou de savant trois-quarts.

M. Scheffer, malgré son grand talent, en use avec la vérité comme ces courtisanes, et il ne leur est inférieur ni dans l'art de la déguiser, ni dans celui de la laisser entrevoir. Ainsi, dans son portrait de M. de Béranger, il se gardera bien, comme M. Charlet, de cravater son homme avec la correction d'un magistrat. Le col, au contraire, se présente avec un peu de négligence et de bonhomie paysanne. Les bouts de la cravate pendent comme aux beaux jours de Lisette. On remarque même l'absence de la fleur des champs à la boutonnière, absence motivée, d'ailleurs, par l'importante présence des barreaux de la *Force* ou de *Sainte-Pélagie*.

Comme M. Michelet, M. Béranger a passé par l'école du travail. Il a été, comme lui, ouvrier typographe, et c'est en composant les vers d'autrui qu'il a conçu l'idée d'en écrire en l'honneur de la souche d'Adam, dont il était issu.

J'aime ces hommes qui, sortis du peuple, et l'ayant coudoyé aux jours de la jeunesse, ne l'oublient pas quand ils sont arrivés au faîte de la gloire, et lorsqu'ils ont pris rang dans cette suprême aristocratie qu'on pourrait nommer l'aristocratie du talent. Il est bien de rester l'avocat du pauvre, lorsque pauvre on a vécu. Et peut-être notre révolution, si grande encore, n'a-t-elle tenu qu'une moitié de ses promesses, que parce que Jacques-Bonhomme, devenu Monsieur, a renié ses compagnons de la veille et dressé dans nos codes et constitutions, les créneaux, murailles et donjons de sa seigneurie de fraiche date.

M. de Béranger, que son père, né aux environs de Péronne, avait mis dans un faubourg de cette ville chez une tante, fut élevé par la bonne femme. Elle tenait auberge, et M. de Béranger fut un peu garçon d'auberge. On sent dans ses chansons quelque chose du train, de la cuisine et des amours d'hôtellerie. Rien n'est perdu. Voltaire, Racine et

Fenélon traînaient bien au logis, et le jeune garçon en fit son profit; mais de grec et de latin, nulle trace en ce lieu de repas et de coucher.

Ceci prouve, ce nous semble, qu'on se méprend communément sur l'importance de ce genre d'études au point de vue du style. M. de Béranger, par exemple, écrit en aussi bon français que M. Courier, lequel vécut confit en grec depuis l'enfance jusqu'à la mort. L'importance très-réelle de l'étude des anciens repose sur une plus large base. L'histoire et la philosophie en tirent, selon nous, bien plus de profit que la forme du langage.

Nourri dans le préjugé contraire, entouré d'hommes qui ne croyaient pas qu'il fût possible de savoir le français avant d'avoir appris le grec, M. de Béranger gémit longtemps, comme d'un malheur sérieux, de son ignorance des langues mortes.

C'était, d'ailleurs, le préjugé de son temps. Le bonhomme Tissot, tout en admettant la sincérité de M. de Béranger, ne peut se défendre de laisser percer un doute. En tout cas, selon lui, si Béranger ne connaît ni latin, ni grec, il a deviné le génie de ces langues.

Lorsqu'il avouait son infirmité à quelque poëte ou littérateur de son temps, on s'écartait de lui comme d'un pestiféré.

« Je vous assure, mon cher ami, écrivait-il en 1833 à son ami, M. Joseph Bernard, que la misère m'a bien moins tourmenté que cette idée tant répandue, qu'un homme sans le latin ne pouvait bien écrire en français. »

Quand le succès fut venu, les mêmes gens aimèrent mieux nier le fait que de renoncer à un préjugé, tant le préjugé est cher au cœur de l'homme, savant ou ignorant.

« J'avais beau protester, dit M. de Béranger, que je n'avais lu Horace qu'à l'aide de traductions. — Bonne plaisanterie, me disait-on ; ne voit-on pas que vous l'avez étudié à fond ! Vous l'imitez sans cesse. — Il est encore des gens qui n'en veulent pas démordre. Vous comprenez, d'après cela, mon antipathie pour les Latins. Vivent les Grecs ! Leur langue n'est pas du domaine des Sganarelles; aussi ne m'a-t-elle jamais joué de vilains tours. »

M. de Béranger n'avait pas encore vu les poëtes et romanciers de l'école de MM. Hugo et Mérimée mettre du grec pour épigraphe à leurs nouvelles, romans ou poésies.

On pourrait dire, sans trop d'affectation, que l'adolescence est l'âge lyrique de la vie. Les personnes qui ont lu certains passages des *Confessions* de Jean-Jacques Rousseau, savent ce que nous voulons exprimer par là. Cette musique des sens et du cœur qui s'éveillent et cherchent leur accord avec les harmonies de la nature, est bien sentie et bien rendue dans quelques pages du petit roman de *Volupté*, par M. Sainte-Beuve.

En se reportant à ces jours lointains, chacun de nous peut se souvenir de l'*accompagnement* particulier qui scanda ses premières pensées. Dans la vie de MM. de Châteaubriand et de Lamennais, par exemple, vous retrouverez les mugissements de la mer et l'austère chant d'orgue des raffales bretonnes. Tels n'ont eu pour musique que le tic tac de l'horloge de leur grand'mère, le chant du coq et le cri du grillon du foyer. Et cette humble harmonie fut peut-être aussi douce pour eux que celle des plus grands opéras que font entre eux les forêts, les rochers, le vent et l'Océan.

M. de Béranger entra dans les années de l'adolescence au moment où la *Marseillaise* retentissait d'un bout à l'autre de la France. Les grandes espérances que la Révolution faisait naître excitaient un enthousiasme général, dont nos petites révolutions en trois jours n'ont pu donner qu'une idée mesquine et menteuse. La *Marseillaise*, le *Chant du Départ*, le *Ça ira!* furent les chœurs d'un peuple entier se levant en armes pour son affranchissement.

Ces refrains patriotiques pénétraient dans les plus humbles hameaux. Ils y soufflaient l'esprit de la Révolution. A Péronne, on avait fait un premier essai d'école primaire, sous les auspices d'un ancien représentant du peuple, M. Ballue de Bellanglise, grand admirateur des théories de Jean-Jacques Rousseau. Cette école-club, avec ses motions, ses adresses aux députés de la Montagne, ses exercices militaires et ses chants patriotiques, fut le collége de M. de Béranger. Il y apprit l'amour de la patrie, ce qui vaut mieux que le latin.

A dix-sept ans, il quitta Péronne, l'imprimerie, l'auberge des faubourgs, la vieille tante, les compagnons d'école et d'atelier, et revint à Paris, chez son père. Il vit les théâtres et s'en éprit si bien, qu'il imagina de faire une pièce intitulée les *Hermaphrodites*, véritable projet de jeune homme qui, du premier coup, rêve quelque chef-d'œuvre impossible.

Le poëme épique, autre rêve de rigueur à dix-huit ans, vint ensuite, ayant pour titre *Clovis*. Ce vaste travail devait l'occuper par delà l'âge de trente ans. La jeunesse aime ces perspectives immenses, bien vite rompues, d'ailleurs, par l'imprévu, notre maître en tant de rencontres.

La misère vint. Mais, contre la jeunesse et la santé, elle n'est pas toujours le plus forte. Elle n'interrompit point les rêveries du jeune poëte, qui songeait alors, comme MM. de Lamartine et de Châteaubriand, à visiter l'Orient, vers lequel nos armées, campées en Égypte, attiraient l'imagination des Occidentaux.

Il abandonna ce projet en écoutant le récit des désillusions d'un membre de l'expédition, revenu dans ses foyers. M. de Béranger resta donc à Paris, menant la vie de Bohême, non connue alors sous ce nom, mais dont la peinture, fort embellie, ce nous semble, se retrouve dans le *Grenier*, dans le *Vieil habit*, et dans vingt autres chansons du même genre.

Lorsque l'on compare ces confidences de la vie de bohême de ce temps avec celles de MM. Champfleury, Murger, et de quelques autres écrivains actuels, on s'aperçoit, non pas seulement de la différence des mœurs littéraires du commencement du siècle avec celles d'aujourd'hui (au fond, ces mœurs se ressemblent), mais surtout de la distance immense qui sépare le procédé de l'Empire et celui de la Restauration des procédés modernes.

Lisez la *Mademoiselle Mariette* ou le *Chien caillou*, de M. Champfleury, et toutes les gaies et aimables fictions du *Grenier* s'écroulent comme un château de cartes, ou même comme les fictions du régime constitutionnel et parlementaires devant les problèmes rigoureux posés par le prolétariat à la politique moderne.

Le mouvement littéraire du siècle suit évidemment celui de la Révolution, qui, à mesure qu'elle avance, brise ses idoles, dépouille le côté théâtral des affaires publiques, et serre la réalité avec une âpreté dont la politique s'épouvante, n'étant pas en mesure de répondre, d'un jour à l'autre, à des questions qui se résolvent lentement par les mœurs et les affaires, avant de se préciser en décrets et en institutions.

Au seul point de vue moral il y a, dans ces chansons, des choses que n'admet pas la littérature actuelle. Nous n'avons pas la prétention d'affirmer que nous valons mieux que nos pères; mais nous constatons que, tout en ne reculant devant aucune peinture, le génie littéraire actuel a, sur celui qui l'a précédé, le mérite de ne pas colorer d'un agréable vernis des actes que la morale réprouve. A la façon dont la jeune littérature envisage et dépeint ces mœurs et ces caractères, il est évident qu'elle ne cherche pas à les préconiser. La conclusion du lecteur est facile à tirer. Aussi, cette jeune littérature, avec sa rude franchise, dans laquelle il entre peut-être un peu de la tristesse désespérée du malade résolu à exposer toutes ses plaies aux yeux du médecin, cette littérature, dis-je, me paraît procéder d'après un principe honnête et droit, bien supérieur aux systèmes classiques et romantiques, et dont la démocratie fera bien de lui tenir compte.

Il est curieux, d'ailleurs, en face de ces tendances, plus générales qu'on ne l'imagine, de voir se dresser, en matière artistique et littéraire, une doctrine d'État et une doctrine de magistrature. Toutes deux n'en font qu'une et se sont formulées tantôt dans les discours relatifs aux expositions, tantôt devant les tribunaux, notamment en police correctionnelle. La France, stupéfaite, s'est alors souvenue de Charles X, répondant avec bon sens, à propos de la querelle des classiques et des romantiques, que ces choses ne le regardaient pas et ne relevaient que du public.

En se plaçant pourtant au point de vue moral pur, ces tendances modernes surnommées *réalistes*, nous paraissent moins dangereuses que la morale du *Grenier* ou que la doctrine d'État et de tribunaux, qui aboutit à farder la vérité.

Une femme, amie de M. de Béranger, choquée du vers :

J'ai su, depuis, qui payait sa toilette.

avait adressé des reproches à l'illustre chansonnier.

« Vous avez donc une bien mauvaise idée de cette pauvre Lisette? répondit-il. Eh! quoi, parce qu'elle avait une espèce de mari qui prenait soin de sa garde-robe, vous vous fâchez contre elle! (1) »

L'excuse est pire que la chanson. Il n'y a pas besoin d'exercer les fonctions de procureur-général pour y voir une tolérante in-

(1) Voir l'édition de 1834, Préface de l'auteur.

dulgence en faveur de l'adultère et de la promiscuité. Ces choses sont de tous les temps, et peu de jeunes gens y ont échappé, mais il est, aujourd'hui, de mauvais goût de s'en applaudir. On les cache, donc on les désapprouve. Qu'on les dépeigne dans un roman, dans une comédie, elles se présenteront non plus avec les seules grâces faciles de *Lisette* et de *Frétillon*, mais avec le cortége de hontes et de douleurs que ces funestes amours traînent le plus souvent à leur suite.

L'amant de nos poëmes qui découvre cette vérité, ne prend plus si gaîment son parti. Il connaît les tortures et les hontes de Desgrieux, et la réalité de ces hontes et de ces douleurs est la moralité même de ces tableaux, dont s'épouvantent les académiciens, les magistrats et les princes.

Je ne crois pas qu'un jeune homme de ce temps, pourvu qu'il possède à un degré quelconque cette éducation de l'esprit et du cœur qui est de toutes les conditions, et dont M. de Béranger fut si largement doté sous tant de rapports, je ne crois pas, dis-je, qu'un tel jeune homme écrivît et surtout imprimât une lettre du genre de celle dont nous venons d'extraire quelques mots. Il y a toujours quelque chose du mendiant, du larron et du valet, à vivre en amour des reliefs d'autrui. Ce fait est le signe d'une déchéance morale, dont l'abbé Prévost, avec un art infini, a indiqué les conséquences.

Nous voulons seulement noter ici la différence des mœurs et des écoles, et nullement incriminer l'œuvre d'un vieillard si respectable par la pureté de sa vie politique, par son grand sens et par sa haute probité. C'est pourquoi nous ne craignons pas de dire qu'un pareil aveu fait de ce ton, qu'il vînt du grenier, de la mansarde ou du salon, serait aujourd'hui d'un goujat. Quoi! nulle larme, nulle honte, nulle colère pour cette humiliation, pour cette désolation amère entre toutes, d'apprendre que la femme aimée n'est qu'une créature de louage, que le parfum de ses cheveux, que la toilette qui l'embellit, que ses baisers, ses larmes, et jusqu'aux soupirs de la volupté, tout cela est payé sur facture, à tant par mois, par un spéculateur qui achète ses jouissances comme le reste, parce que pour lui la vie n'est pas un combat, c'est un commerce !

Puisque nous sommes sur cet épineux sujet de l'amour et de la morale, ne le quittons pas sans avoir dit un mot des chansons érotiques de M. de Béranger. Il en est une bien connue, la *Bacchante*, qui les caractérise entre toutes.

Nous y remarquons surtout cette même absence de délicatesse de sentiments que nous signalions dans le *Grenier*. Au risque de froisser des admirations aussi difficiles à déraciner qu'un préjugé, nous dirons que cette chanson est non-seulement d'un mauvais style, mais encore qu'elle n'atteint nullement le but qu'elle se propose. Le premier devoir de l'écrivain est de dire ce qu'il pense : disons donc toute notre pensée.

Laissons de côté la question morale. Supposons qu'il est digne de la mission du poëte, puisque la poésie moderne se prétend chargée d'une mission, d'exciter à la volupté comme on excite à la vertu, et de provoquer certaines passions comme on provoque le courage militaire. A ce point de vue même, le but du poëte ne nous semble pas atteint. Et si, parodiant une parole de M. Guizot, nous demandions à la jeunesse actuelle : « Vous sentez-vous corrompue ? » il est probable qu'elle répondrait : « Ce n'est pas par ces motifs. »

Il fallait vraiment que nos pères eussent l'oreille complaisante pour la dresser à de pareilles chansons ! Il nous souvient que la Julie de Jean-Jacques Rousseau nous parut jadis déjà bien fort musquée. Mais cette Julie de M. de Béranger est d'un fumet à renverser un honnête homme. En quel bouge ou en quel boudoir le bon chansonnier a-t-il rencontré une effrontée assez euphuïste pour s'écrier :

Ma pudeur ne connaît plus d'alarmes.

Et comment l'amant d'une pareille femme ne sentirait-il pas sa propre pudeur alarmée par cette franchise, ou tout au moins glacée par ce beau langage ? Qu'est-ce que ce vin changé en *joyeux poison*, cette bouteille en *cristal?* Qu'est-ce qu'une femme qui nomme elle-même les diverses parties de son corps *ses charmes?* La dernière des drôlesses se laisse dire ces choses et ne les dit jamais. Les femmes n'ont pas de noms pour ce que nous nommons leurs charmes, parce qu'elles en connaissent trop les misères, les infirmités et les humbles fonctions.

A l'époque où ces vers furent chantés, les poëtes du *Caveau* et les politiques de la Société *Aide-toi, le Ciel t'aidera!* disaient, en parlant de la *Bacchante*: « C'est le sublime délirant des sens! » Comme cela est bizarre! On ne peut s'expliquer ces admirations qu'en songeant aux phénomènes signalés par la physiologie en matière d'érotisme. Il n'y a pas de passion dans laquelle les déviations et dépravations soient plus fréquentes que dans la passion érotique. Tels s'animent à l'aspect des choses les plus repoussantes. Or, il paraît que, sous l'Empire et sous la Restauration, aussitôt que les mots *joyeux*, *poisons*, *cristal*, *charmes*, etc., étaient prononcés, ils donnaient, comme par magie, le branle à l'imagination de nos pères.

On a besoin, pour ne pas porter un jugement trop absolu sur ces temps, de se souvenir qu'alors vécurent aussi les Lamennais, les Châteaubriand, les de Maistre, les Bonald, les Courier, les Lamartine, les Hugo, et tant d'autres. On a besoin surtout de se souvenir de cent petits poëmes admirables, sortis, sous forme de chanson, de cette même plume. Ces défauts de M. de Béranger furent ceux de son temps plutôt que les siens propres, et c'est à ce titre seulement, nous prions le lecteur de ne pas l'oublier, que nous nous y arrêtons. On le verra, du reste, en achevant de lire cette petite étude.

Il y a des pierres à l'aide desquelles les orfèvres éprouvent les métaux. Dans l'ordre des choses intellectuelles il existe, pour se bien rendre compte des qualités d'un écrivain, des moyens qui jouent, en quelque sorte, un rôle analogue à celui de ces pierres de touche.

Une des plus sûres, à mon sens, pour éprouver le titre et la valeur des joyaux de la poésie, c'est d'extraire, en pensée, de l'œuvre du poëte, toutes ses créations féminines. C'est d'asseoir en amphithéâtre toutes ces filles de son imagination dans les habits dont il les vêtit, avec la couleur, les cheveux et le langage qu'il leur prêta. Mettez-vous ici, infortunée Desdemone, et vous Lolotte, et vous Béatrix, et vous humble Griselidis, et vous Laure, et toi aussi, Mignon, symbole touchant d'une nation esclave. Parlez, racontez-moi vos douleurs, vos plaisirs, vos rêves, depuis les humbles révélations du foyer domestique au moyen âge jusqu'à ses spéculations théologiques, depuis les confidences de la table à thé des ménages modernes jusqu'aux aspirations des nationalités qui cherchent à renaître de leurs cendres.

Les femmes de Béranger, c'est Julie, Jeanneton, Lisette, Frétillon, Suzon, Babet, Octavie, Camille, Margot, Grégoire, et tant d'autres de même pâte. Sommées de déclarer leurs professions, elles pourraient répondre : Cabaretière, couturière, servante, cuisinière, femme entretenue et fille soumise. En dehors du cas de tolérance, la profession est peu de chose, car la noblesse des sentiments, la délicatesse de l'esprit et du cœur, nichent aussi bien dans le corsage d'une pauvre fille que dans celui d'une bourgeoise ou d'une femme titrée. La Madeleine devient même une sainte, et la courtisane amoureuse est une héroïne comme il faut. Passée au procédé du drame moderne, elle deviendra, au besoin, une vierge de seconde main. L'amour lui ayant, ce dit-on, refait une virginité.

Voyons donc le caractère de ces personnes en court jupon, sorties un peu débraillées et fardées d'un doigt de vin du crâne de notre chansonnier national. Toutes sont marquées d'un trait dominant. A l'instar de Julie, *leur pudeur ne connait plus d'alarmes.* Ce sont toutes filles de bonne composition, catins buissonnières, ouvertes comme un hangar au bord du chemin, à tout vent d'amour de rencontre. Uniformément faites pour la bouteille et pour le lit, elles sont prêtes aussitôt le vin tiré. Elles sont toutes à tous, comme le jésuite de Voltaire. Et, sauf quelque différence dans le chiffon et le petit nom, c'est à peine s'il est possible de les distinguer l'une de l'autre. Toutes ces femmes n'en font qu'une, et cette femme est une..... le style moderne ne permet pas de la nommer.

Il y a même çà et là des femmes mariées et des vieilles femmes qui font partie du cortége. Les femmes mariées sont des mégères qui battent leur imbécile de mari, l'usent aux travaux de l'amour, lui volent son argent et donnent cet argent à leurs amants. D'autres fois, elles se bornent à prendre pour parrains de leurs enfants leur véritable père, ou bien encore elles se livrent, comme Rose, à des sénateurs pour l'honneur et le profit de la maison, ou, comme la femme du maître d'école, elles se laissent voir à leur toilette et débauchent des écoliers. Les grands-mères cependant, sur le point de franchir ce cruel et solennel passage de vie à trépas, dégoisent des gaudrioles au prêtre qui les vient confesser, ou, dans des confidences avinées, racontent à leurs petits-enfants leurs précoces débauches, l'escamotage de la première nuit de noces, leur vie crapuleuse, le regret qu'elles ont de ne pouvoir la recommencer, et elles conseillent à leurs petits-enfants d'imiter ce bel exemple.

Voilà la vérité sans fard.

Dépouillée de l'esprit et de la verve du maître audacieux qui ne craignit pas d'offrir au public de pareils tableaux, cette vérité n'est pas belle. Mais le malin bonhomme comptait sur la faiblesse humaine, et il ne s'est pas trompé. Il eut pour lui tous les affamés de plaisir, c'est-à-dire la jeunesse et les ivrognes, c'est à-dire les vieux libertins réduits à la bouteille et aux souvenirs.

Ceux qui daignent nous lire le savent, nous n'avons pas cette vaine honte des paroles qui recule devant les mots, et ce n'est pas non plus par esprit de sacristie que nous réduisons à leur simple valeur morale ces créations d'un génie patriotique et libertin. C'est dans une pensée historique et dans le double but d'expliquer la marche des idées au dix-neuvième siècle et celle de l'opposition sous la Restauration, que nous soumettons ces chansons à une espèce d'analyse.

Cette opposition, qui, par la philosophie des Royer-Collard, des Cousin, des Jouffroy, par la dialectique des Cauchois-Lemaire, des Carrel, par l'histoire des Augustin-Thierry, des Thiers, des Mignet, les discours des Manuel, des Foy, des Benjamin Constant, battait en brèche le gouvernement de la Restauration, ne dédaignait ni les pamphlets rustiques et soldatesques de Paul-Louis Courier, ni les chansons grivoises, mélancoliques ou patriotiques de M. de Béranger.

La compression des idées engendre la littérature allusionnelle. Lise, au besoin, devenait la Charte; Rose servait à fronder le sénat, comme jadis le roi d'Yvetot, aussitôt compris que chanté, était devenu la satire de l'Empereur-Conquérant. La fille publique elle-même, s'écriant dans son ignoble jargon :

> G'nia plus d'argent dans c'gueux d'Paris,

ou cette autre héroïne de même espèce, disant.

> Comme l'argent pleuvait quand les Russes
> F'saient hausser de prix

Tout's les filles d'Paris;
J'navions pas le temps de chercher nos puces.
Viv' nos amis,
Nos amis les enn'mis!

. . . .

raillait à la fois la cour, le roi, les tribunaux et le clergé. En cinq ou six petits couplets, le système entier était passé au fil de la plume. Des leçons de tolérance religieuse, politique et philosophique, se mêlaient à ces couplets érotiques et bachiques, d'une moralité plus que douteuse, mais qui, par leur effronterie même et par leurs peintures lascives, n'en pénétraient que plus profondément dans les rangs du peuple.

Comme nous l'avons indiqué plus haut, les deux ou trois traits caractéristiques des Français exprimés dans ces chansons, en faisaient l'immense popularité. Toutes les classes, la classe aristocratique par colère, les deux autres par plaisir, lurent ou chantèrent ces couplets. Jamais poëte n'eût trouvé un public plus universel si les femmes ne lui eussent manqué. Les femmes détestent la politique et n'aiment généralement pas les poëtes qui les mettent, en quelque sorte, de pair avec la bouteille. Un instinct délicat les avertit qu'en les matérialisant ainsi on les dépouille de tout ce qui fait leur dignité réelle ou factice. Toutes les femmes veulent être traitées en princesses. Il n'y a pas de Margoton qui ne s'imagine régner, alors même qu'on la mène aussi rondement en amour qu'un ânier sa bourrique. Modeste sans le savoir, et bêtement orgueilleuse, elle regarde comme son triomphe la catastrophe des sens, et ce triomphe suffit à sa gloire. Qu'on juge par là de ce qui peut entrer de majesté dans la tête d'une femme qui lit. Le succès de la célèbre femme-auteur, Mme Georges Sand, est pour beaucoup dans la supériorité qu'elle donne à ses héroïnes sur ses héros. M. de Béranger ne dut presque rien aux femmes, et il put se passer d'elles, poursuivant, à travers les caprices d'une muse gourgandine, un but tout politique.

Quand cette muse, à de trop rares intervalles, s'est tue; quand la mélancolie du siècle est, par hasard, descendue au fond de cette âme voltairienne, alors le génie de M. de Béranger s'est révélé sous un aspect d'une originalité, d'une puissance singulières. Un poëte nouveau, fils de la pensée moderne, nous est apparu. Le léger tourbillon des Lisette et des Frétillon a disparu. Voici venir une héroïne nouvelle, image amaigrie, macérée, du prolétariat et de ses misères. Elle apparaît au bord d'un bois sombre, sur le seuil d'une chaumière effondrée. C'est Jeanne la Rousse, la femme du braconnier, qui

. . . . Dans une joie amère,
Accoucha seule au fond des bois!

C'est encore la femme de Jacques,

Lève-toi, Jacques, lève-toi;
Voici venir l'huissier du roi.

Le village est en émoi; un gros huissier rôde par le pays, les chiens aboient. C'est au moment où l'aurore se lève et où la ménagère, demi-vêtue, vient rassembler les tisons de la veille ensevelis dans les cendres. La femme de Jacques et ses deux enfants sont debout et Jacques ne se lève pas. Il faut pourtant l'éveiller. Que répondre à l'huissier? Il n'y a plus au logis ni pain, ni lard, ni sel, ni vin.

Du vin soutiendrait ton courage,
Mais les droits l'ont bien renchéri!
Pour en boire un peu, mon chéri,
Vends mon anneau de mariage.

Lorsqu'on n'a qu'une bèche et une quenouille pour nourrir une famille, comment payer l'impôt? Les vivres sont chers, les droits sur le sel et le vin sont lourds, le fermage du quart d'arpent sur lequel s'épuisent ces malheureux est élevé. Tout est fardeau pour le pauvre.

Que sont aux riches les impôts?
Quelques rats de plus dans leur grange.

L'huissier entre tandis que la femme de Jacques parle et éveille son mari.

Elle appelle en vain, il rend l'âme;
Pour qui s'épuise à travailler,
La mort est un doux oreiller.

Il est impossible de donner à une pensée économique une forme plus littéraire et plus poignante.

Tandis que M. de Béranger, obscur, pauvre et amoureux, rimait ses premières chansons, il lui passait quelquefois dans l'esprit des rêves d'avenir qui tous s'évanouissaient devant les réalités d'une situation qui semblait n'avoir aucune issue. On solde un ténor cent mille francs, mais l'auteur de la musique ou des paroles que chantera ce rossignol humain, risque fort de mourir de faim. Les hommes ressemblent à des fous qui se paieraient du son de la monnaie et non du métal lui-même.

M. de Béranger, malgré sa gaieté naturelle, tomba dans le découragement. Le découragement enfante des tentations désespérées, et c'est à une inspiration de ce genre qu'il dut enfin de sortir d'une situation aussi précaire. L'idée lui vint d'envoyer ses vers à M. Lucien Bonaparte, frère du Premier Consul. La lettre qui les accompagnait était à la fois humble et fière. On ne sait pas ce que coûtent de telles lettres à un jeune homme de cœur que la nécessité contraint à de pareilles démarches.

Quoiqu'à cette époque la parole fût plutôt au canon qu'à la chanson, M. Lucien Bonaparte eut l'esprit de répondre promptement et favorablement au jeune poëte, de l'appeler auprès de lui, de le consoler, de l'encourager et d'adoucir sa position en lui envoyant de Rome, où il partit peu de temps après cette première entrevue, une procuration pour toucher son traitement de l'Institut.

Ce que je trouve de plus frappant dans ce trait de générosité, c'est que l'envoi venait de Rome, alors que M. de Béranger se croyait oublié. Le bon Lucien lui prédisait, dans le style poétique du temps, qu'en continuant de cultiver son talent il deviendrait un des ornements du Parnasse.

Dans la dédicace de ses dernières chansons, M. de Béranger a raconté lui-même ce trait honorable pour le poëte et pour le Mécène.

Des dénigrateurs ont, depuis, fait un crime à M. de Béranger d'avoir chanté la grandeur militaire de l'Empire, et de maladroits amis ont aggravé cette critique républicaine en attribuant ces chants sympathiques au sentiment de reconnaissance du poëte pour son protecteur. Rien de plus faux. L'exclusivisme étroit et mesquin des partis ne comprendra jamais qu'on puisse apporter quelque magnanimité en poésie ou en histoire; et parler d'un adversaire autrement que pour l'avilir, est, à leurs yeux, transiger avec les principes.

Quant au sentiment de reconnaissance qu'a pu nourir M. de Béranger pour les amis qui lui sont venus en aide, il n'a jamais influé sur sa conduite politique. « Je tiens à ce qu'on sache bien, dit-il, qu'à aucune époque de ma vie de chansonnier, je ne donnai droit à personne de me dire : Fais ou ne fais pas ceci; va ou ne va pas jusque-là. »

Peu de temps après, M. de Béranger collabora à la rédaction d'un ouvrage artistique intitulé : *Annales du Musée*. Cette collaboration dura deux ans, de 1805 à 1807. Je n'ai pas lu cet ouvrage, mais on assure que la rédaction des volumes auxquels M. de Béranger a travaillé est meilleure que celle du reste de l'œuvre.

En 1809, M. de Béranger cessa de jouir du traitement de M. Lucien Bonaparte, disgracié pour ses opinions républicaines. Mais le poëte trouva dans M. Arnault, de l'Institut, un nouveau protecteur. C'est de lui qu'il est question dans la chanson qui commence par ces vers :

Je viens d'Montmartre avec ma bête,
Pour fêter ce maître malin.

M. Arnault fit entrer M. de Béranger en qualité d'expéditionnaire au secrétariat de l'Institut, avec un traitement d'environ deux mille francs.

A l'instar de Jean-Jacques Rousseau, qui ne pouvait souffrir d'autre profession que de copier de la musique, M. de Béranger s'accommodait fort bien du métier de copiste. « Tout travail obligé m'est devenu insupportable, hors peut-être celui d'expéditionnaire, » écrivait-il à propos des offres d'emploi que lui faisaient ses amis devenus ministres. D'autre part, la crainte de manquer du nécessaire l'obligea longtemps de demander à ce vulgaire travail des moyens d'existence moins précaires que ceux qu'offre la plume, ce qu'il explique dans une chanson intitulée: *Ma vocation.*

D'une vie incertaine
Ayant eu de l'effroi,
Je rampe sous la chaîne
Du plus modeste emploi.
La liberté m'enchante,
Mais j'ai grand appétit!
Le bon Dieu me dit chante,
Chante, pauvre petit.

M. de Béranger ne publia son premier recueil qu'en 1815. Jusqu'à cette époque, il se bornait à les réciter ou chanter dans des réunions d'amis, comme le fit depuis M. Pierre Dupont. Ainsi fait encore un poëte qui rappelle les satiriques latins, et qu'on pourrait nommer un maître mosaïste, M. Gustave Mathieu. Ces réputations inédites se développent plus vite qu'on ne l'imaginerait. M. de

Béranger était célèbre avant d'avoir imprimé une ligne.

Il existait à cette époque une réunion chantante et banquetante qui fit un certain bruit dans le monde de l'Empire et de la Restauration. Elle portait le nom bien connu du *Caveau*. Le *Caveau* devint, en quelque sorte, une contre-académie. Il fit autorité. Et quoique la politique en fût bannie, par ses seules tendances épicuriennes et frondeuses, il contribuait, avec le carbonarisme, la société *Aide-toi*, les banquets aux *Vendanges de Bourgogne*, les articles du *Constitutionnel*, à ce travail de désorganisation qui, lentement, sûrement, mina les forces du gouvernement des Bourbons. Ce fut un dissolvant de plus ajouté à tous ces dissolvants qui agissaient avec un merveilleux ensemble et qui, en quinze années, mirent à néant les plus énergiques et les plus perfides moyens de gouvernement que puisse imaginer le mauvais génie des monarchies aux abois. Entre MM. Royer-Collard, Manuel, Foy, Guizot, Thiers, Benjamin Constant et les membres du *Caveau*, il n'y avait qu'une différence de forme, de talent et d'allures. Au fond, c'étaient les mêmes hommes.

Pour les générations nouvelles, qui ont reçu leur baptême politique en 1848, tous les *lonla, zon, zon, digue ding don*, ou *biribi* du *Caveau* équivalent à peu près aux théories philosophiques, historiques et gouvernementales des hommes illustres que je viens de nommer. Nos cœurs ne sont émus ni de ces chansons, ni de ces gros livres. Nos imaginations n'en sont point agitées. Nos âmes n'en sont point apaisées. Nous n'y trouvons pas la réponse aux questions du siècle sur les problèmes de l'autorité, de la liberté, de l'éducation, de la misère, de l'impôt, de la mutualité, de l'échange, etc. A la fin des œuvres philosophiques de M. Cousin, on peut écrire *turelure*, et mettre *faridondaine* au bout des histoires de M. Guizot ; car ces graves travaux, si élevés par le ton, par le talent littéraire, au point de vue des conclusions qui peuvent intéresser l'humanité, aboutissent à ces misères.

M. de Béranger fut admis au *Caveau* en 1813. M. Désaugiers présidait. « J'en ferais aussi bien que toi, des chansons, si je voulais, n'étaient mes poésies, » disait quelques années auparavant l'auteur du *Roi d'Yvetot*, en voyant passer celui dont il devait effacer la popularité.

Au *Caveau*, le récipiendaire était admis en séance solennelle, c'est-à-dire à table, et pour discours de réception chantait des couplets de sa composition. Le discours de M. de Béranger commençait ainsi :

Au Caveau je n'osais frapper;
Des méchants m'avaient su tromper.
C'est presqu'un cercle académique,
Me disait maint esprit caustique.
Mais, que vois-je ? de bons amis
Que rassemble un couvert bien mis.
Asseyez-vous, me dit la compagnie;
Non, ce n'est point comme à l'Académie,
Ce n'est point comme à l'Académie.

La contre-académie est flagrante. On verra plus loin l'influence singulière de ce système et de ce rôle.

A dater de la réception au *Caveau*, la réputation de M. de Béranger grandit rapidement. C'était alors un novateur par la forme, — humiliez-vous, jeunes gens, qui croyez avoir tant innové depuis! — il voulut le devenir par le fond.

Déjà cette forme, qui nous semble aujourd'hui si vieille, où l'on *coule des jours paisibles*, où luit le *flambeau de l'amour* (voir le *Vieux célibataire*), étonnait les plus audacieux. « Un académicien poëte, à qui M. de Béranger, encore inconnu, parlait un jour de ses idylles et du soin qu'il y prenait de nommer chaque objet par son nom et sans le secours de la fable, lui objectait : « Mais, « la *mer*, par exemple, la *mer*; comment di« rez-vous? — Je dirai tout simplement, la « mer. — Eh quoi! Neptune, Thétis, Amphi« trite, Nérée, de gaieté de cœur vous re« tranchez tout cela? — Tout cela (1). »

Une pensée désolante naît au récit de ces frivoles détails : s'il faut tant d'efforts pour dépouiller le style d'un peuple de quelques mauvaises locutions et arriver au langage simple, que de peines plus laborieuses ne

(1) Édition de 1834. — Notice.

faut-il pas pour briser les mauvaises institutions et arriver au simple en politique !

La seconde innovation de M. de Béranger portait sur le fond. Elle n'était que relative, ou, pour mieux dire, c'était du vieux-neuf. Cette innovation consistait à élever le ton de la chanson. De tous temps il y a eu des chansons d'un ton élevé, patriotique, religieux, mélancolique. En attribuant à la Révolution les impressions générales du peuple français, M. de Béranger n'a pas tort. Mais si, en effet, la chanson est l'expression des sentiments populaires, ce serait singulièrement circonscrire ces sentiments dans le passé que de les réduire à l'unique préoccupation de l'amour et du vin.

Le célèbre chansonnier s'est illusionné sur cette prétendue innovation, à laquelle il attribue ses succès. La vérité est qu'à cette époque l'école de Désaugiers dominait, et qu'en rompant en visière avec cette école, il eut les apparences d'un novateur.

Ce qui nous parait véritablement propre à M. de Béranger, c'est la façon ingénieuse dont il sait remplir ce petit cadre de la chanson. Les meilleures sont de véritables scènes dramatiques vues par le gros bout de la lorgnette.

« Un jour, au printemps de 1827, autant qu'il m'en souvient, rapporte M. Sainte-Beuve, Victor Hugo aperçut, dans le jardin du Luxembourg, M. de Châteaubriand, alors retiré des affaires. L'illustre promeneur était debout, arrêté et comme absorbé devant des enfants qui jouaient à tracer des figures sur le sable d'une allée. Victor Hugo respecta cette contemplation silencieuse, et se contenta d'interpréter de loin tous les rapprochements qui devaient naître, dans cette âme orageuse de *René*, entre la vanité des grandeurs parcourues et ces jeux d'enfants sur la poussière. En rentrant, il me raconta ce qu'il venait de voir, et ajouta : « Si j'étais « Béranger, je ferais de cela une chanson. » Par ce seul mot, Victor Hugo définissait merveilleusement, sans y songer, le petit drame, le cadre indispensable que Béranger anime ; qu'on se rappelle *Louis XI* et l'*Orage* (1). »

(1) Notice de l'édition de 1834.

L'une des chansons du premier recueil qui obtint le plus de succès fut le *Roi d'Yvetot*. C'est à peu près la seule critique que M. de Béranger ait faite de l'Empereur. Il n'était pas aussi hostile aux héros que le fut M. Courier; soit qu'il les eût vus de moins près, soit que le sentiment national l'emportât chez lui sur le sentiment philosophique, depuis 1815, il n'a eu pour Napoléon que des paroles d'admiration. Il ne s'abusait pas sur le despotisme du régime impérial; mais les victoires, les malheurs du grand capitaine, la gloire dont il couvrit sa patrie, frappaient trop vivement son imagination pour laisser place en lui à l'esprit d'analyse.

Il était, d'ailleurs, trop poëte et trop peuple pour ne pas admirer Napoléon. Il le regardait comme « le représentant de l'égalité victorieuse. » Le voyant l'idole du peuple, il lui vouait lui-même, en dépit de la liberté foulée aux pieds, un culte enthousiaste.

Toute la politique de M. de Béranger, comme celle de M. Michelet, basée sur la tradition girondine, consiste, non à diriger le peuple, mais à le suivre; à ne se point séparer de lui, à l'observer et à lui donner raison toujours. L'instinct du peuple, tel est le dernier mot de cette doctrine, assez commode, et qu'on pourrait comparer au quiétisme religieux.

Il n'y a pas de meilleure politique pour les poëtes, et en général pour les hommes qui aiment et recherchent la popularité. Humilier sa raison devant cet instinct des masses, tel est le dernier mot de cette théorie.

Parlant d'une conviction acquise : « Je la devais moins d'abord, dit M. de Béranger, aux calculs de ma raison qu'à l'instinct du peuple. A chaque événement je l'ai étudié avec un soin religieux, et j'ai presque toujours attendu que ses sentiments me parussent en rapport avec mes réflexions pour en faire ma règle de conduite dans le rôle que l'opposition d'alors m'avait donné à remplir. Le peuple, c'est ma muse. »

Ainsi s'explique, selon M. de Béranger lui-même, les diverses phases de son opposition sous les deux Restaurations. Il n'avait vu dans la chute de Napoléon que les malheurs d'une patrie que la République lui avait appris à adorer; les Bourbons lui étaient indifférents, le peuple ne lui parut pas décidément hostile à la branche aînée. De là quelques chansons un peu royalistes qui avaient besoin d'explication.

Cela veut tout simplement dire qu'à l'instar de Paul-Louis Courier, et selon son expression, M. de Béranger *donna dans la Charte.* Plus tard, l'instinct du peuple lui apprit qu'il était désormais impossible aux Bourbons de gouverner la France. Instinct du peuple à part, on s'était généralement aperçu que la Charte n'était qu'un chiffon de papier dont se souciaient peu le roi, les ministres et la contre-révolution. Les patriotes se mirent sur la défensive, M. de Béranger suivit le courant des idées et publia, en 1821, un nouveau recueil qui lui fit perdre son emploi à la commission universitaire et l'amena devant la cour d'assises sous prévention d'outrages aux bonnes mœurs et à la morale publique et religieuse, d'offense envers la personne du roi et de provocation au port public d'un signe extérieur de ralliement. M. de Marchangy, l'auteur fastidieux de la *Gaule poétique*, soutint l'accusation. M. Dupin fut chargé de la défense.

Ces luttes judiciaires avaient alors un intérêt qu'elles ont perdu depuis. J'ai ouï dire que M. de Béranger ne les supportait pas mieux que M. Courier. Toute loi aboutit à l'homme, puisqu'elle doit recevoir une interprétation, Or, y a-t-il quelque chose de plus formidable pour l'homme que de se sentir sous la puissance de son semblable?

L'individu qui a commis un crime contre les personnes, a conscience de son infériorité, il peut attendre un jugement impartial; mais que dire du citoyen amené pour une pensée devant la barre du tribunal? Que doit-il éprouver dans le for intérieur? Que penser de ces jugements contre des idées réprouvées aujourd'hui, qui, le lendemain, mènent au pouvoir celui qui les exprimait et prennent force de loi?

M. de Béranger fut condamné à trois mois de prison et à 50 francs d'amende. Son quatrième recueil, publié en 1828, lui valut neuf mois de prison et 10,000 francs d'amende, que les patriotes payèrent. Il eut aussi un procès pour avoir publié les débats de son premier procès, le jury l'acquitta.

En 1830, il n'eût tenu qu'à M. de Béranger de devenir ministre ou grand fonctionnaire, comme la plupart de ses amis; il s'y refusa obstinément. Il n'y a pas de popularité qui ait, avec plus d'art, su esquiver les périls du lendemain des révolutions.

Cette popularité avait reçu un premier avertissement pendant les journées de la révolution de Juillet, à l'assemblée centrale de la rue Richelieu. Il s'était prononcé contre la proposition de rétablir la République, la trouvant impossible, ou au moins fort dangereuse.

Ce fut une doctrine fatale, qui permit aux consciences de se maintenir entre la théorie et l'application (encore du quiétisme!), et qui fit des progrès tels dans le pays, que la chute de la République de 1848 peut lui être en bonne partie attribuée.

En sortant de la réunion de la rue Richelieu, M. de Béranger fut presque maltraité.

Il publia encore un recueil en 1833; mais,

ainsi que M. de Châteaubriand, il commença dès 1830 à se retirer du mouvement. Il avait cinquante ans. Le sceptique chansonnier ne voulut pas risquer sa gloire acquise.

Il cessa d'écrire des chansons et vécut dans la solitude, avec une vieille amie et gouvernante que la mort vient de lui enlever récemment. Il a vécu tour à tour à Passy, à Fontainebleau, à Tours, à Chaillot et au Marais, occupant ses loisirs à la rédaction d'une espèce de dictionnaire biographique où « sous chaque nom de nos notabilités politiques ou littéraires, jeunes ou vieilles, viendront se classer mes nombreux souvenirs et les jugements que je me permettrai de porter ou que j'emprunterai aux autorités compétentes..... » Ce qui a encore l'air d'une malice.

Prenez garde aux hommes qui écrivent des mémoires d'outre-tombe!

En 1848, le peuple de Paris, fidèle à son affection pour le vieux chansonnier, voulut, malgré lui, l'envoyer à l'Assemblée Constituante. Il refusa. Le peuple s'obstina, et M. de Béranger fut nommé. Mais, peu de jours après, il donna sa démission de représentant du peuple.

Le dominicain Lacordaire en fit autant. L'homélie et la chanson ne jugeaient pas prudent de compromettre leur gloire dans ces tumultueuses assemblées.

M. de Lamennais resta. — Sous le règne de Louis-Philippe, il avait continué sa route ascendante. Souvent, dans cette petite cellule de Sainte-Pélagie, du haut de laquelle on aperçoit des quartiers pauvres, un amphithéâtre de dissection de l'hôpital de la Pitié, le Jardin-des-Plantes, le chemin de fer d'Orléans, le donjon de Vincennes et le cimetière du Père-Lachaise, M. de Béranger, M. de Châteaubriand et M. de Lamennais dialoguèrent sur les choses de l'avenir. M. de Lamennais, seul, le plus naïf et le plus convaincu de ces trois hommes illustres, alla toujours en avant jusqu'à l'heure où la mort l'enleva.

Deux fois, par une retraite habile, M. de Béranger trompa la destinée des lendemains révolutionnaires. Il esquiva les difficultés d'une situation délicate.

Mais on ne s'échappe pas deux fois impunément, par un procédé de ce genre, aux étreintes de la réalité et de la logique. Ce rôle eût peut-être été possible aux temps où la Révolution n'avait pas usé toutes les ressources de la combinaison. L'esprit d'analyse et l'esprit d'envie et de dénigration dévorent aujourd'hui la démocratie française. Les hommes qui veulent régner sur les cœurs et sur les imaginations n'ont qu'un jour à vivre. Tous les rôles sont usés. Il n'y a plus rien de possible, pas même l'impopularité, tuée par M. Guizot. La vengeance elle-même est une vaine besogne. Grands et petits hommes disparaissent. La multitude des ineptes et des intrigants que fait surgir un instant je ne sais quel bouillonnement de la cuve où se démènent tant de plates ambitions, disparaît pour faire place à une autre. Il ne reste plus peut-être que la fière indépendance de l'homme isolé, qui contemple cette meute acharnée à une proie mensongère, et la méprise.

Si M. de Béranger n'était pas arrivé aux extrêmes limites de la vie humaine, il eût, comme tant d'autres hommes illustres qui ont trop vécu, vu s'écrouler peut-être cette popularité qui a embelli sa vie et pour laquelle il a tout fait. Une partie de la jeunesse contemporaine s'est révoltée contre cet art patient d'une existence si bien calculée. Elle a passé à l'analyse chansonnier et chansons. A chaque vertu de ce vieillard elle a trouvé un motif tout à fait vulgaire.

Il est pauvre après tant de succès. — C'est qu'il n'a pas de besoins.

Il passe sa vie à solliciter pour les malheureux qui s'adressent à lui. — C'est un rôle qu'il prend.

Il donne son argent à qui lui en demande. — C'est qu'il n'y tient pas.

Il n'est pas de l'Académie. — Oui, mais il fait des académiciens, et sa gouvernante, qui, immobile et silencieuse sous son grand bonnet, a l'air de ne rien entendre à ces choses, décide souvent du sort d'une candidature.

Mais c'est, en somme, un poëte admirable. — Lui, poëte! allons donc! Il a écrit des obscénités, des ordures qui feraient honte au plus misérable barbouilleur de papier de ce temps, et ce qu'on nomme ses belles chansons, fourmille de locutions d'un style plat et incolore, d'idées basses et triviales.

Voilà ce que disent ces jeunes briseurs d'idoles.

Il y a beaucoup d'injustice et de passion dans ces amères insinuations.

Passant un jour devant la Maison-d'Or, je vis, à une fenêtre, deux ou trois beaux fils et quelques femmes. Pour un peu de champagne bu, ces enfants pervertis se croyaient des don Juan. Ils ameutaient la foule, et criaient d'une voix de poulet : Vive Alfred de Musset!

Dieu nous préserve, pensai-je, de pareils triomphes.

M. de Béranger a reçu, à la Closerie des Lilas, malgré son grand âge, une ovation du même genre. Il est, jusqu'au bout, resté fidèle aux traditions de l'époque où il brilla.

Les chansons de M. Pierre Dupont, qui est le Béranger de l'époque actuelle, marquent bien la distance qui sépare le passé du présent. M. Dupont est rustique, mais non érotique; le paysage occupe une large place dans ses chansons et leur sert presque toujours de cadre. Plus humain, plus profondément empreint du sentiment de la nature, il est moins politique, et la manière dont il s'identifie avec les douleurs et les joies du prolétariat, ne se ressent jamais d'une question de cabinet ou d'une manœuvre d'opposition.

Sa chanson sent les prés et les bois, et non pas la friture des guinguettes de barrières. On la chante aux champs, derrière la charrue, aussi bien qu'au cabaret. Elle élève, par un sentiment de sympathie qui l'anime et la remplit; jamais elle ne pousse à l'ivrognerie et à la débauche. Elle est moins spirituelle, moins bien rhythmée peut-être; mais, dans ses grâces abandonnées, dans les airs que le poëte lui-même, s'inspirant des mélopées populaires, a su lui adapter; elle revêt des grâces sérieuses, pénétrantes, d'un charme infini comme celui de l'Océan, des grandes plaines et des vastes forêts.

Quand le poëte, avec la naïveté d'un trouvère, s'en va, chantant lui-même au cabaret du peuple ou au salon, ces petits poëmes pleins de couleur et de sentiment, on ne se lasserait pas de l'entendre. Sa large face, blonde et placide comme celle des belles et primitives races du Nord, se colore d'une sympathie universelle, des sons pleins sortent comme un cri harmonieux de sa large poitrine. Il fait bien comprendre l'instinct qui pousse l'homme à s'associer par le chant aux harmonies de la nature.

Je n'entends pas dire par là que le vieux chansonnier est inférieur à son jeune successeur. C'est un abus de classer en art les individualités. Il n'y a ni premier, ni second en pareille matière. Il n'existe que des talents divers faits pour satisfaire à la diversité de nos goûts et de nos aptitudes sentimentales.

Plus d'une fois, M. de Béranger est allé s'asseoir au foyer de M. Pierre Dupont, qu'il aima. Et il a écouté avec plaisir et surprise ces chansons et ces airs, expression des générations nouvelles.

Si la jeunesse littéraire moderne pousse quelquefois l'esprit d'analyse envers M. de

Béranger jusqu'à l'injustice, jamais l'illustre chansonnier n'apporta envers elle qu'un sentiment de sympathique bienveillance. Nulle audace ne l'effraye et ne provoque, de sa part, ces représentations familières au grand âge. On ne peut lui appliquer le *laudator temporis acti*. Aux audacieux il dit courage.

Peu d'hommes prêtent moins que lui à l'attaque des passions hostiles. Sa vie est organisée comme une ingénieuse machine dans laquelle l'inventeur a tout prévu. Elle est forte partout où doit porter l'effort de la critique. Tout y est prévu avec une sagacité qui indique la plus profonde connaissance du caractère national et notamment de la démocratie française. Aussi, tout ce qui concerne la probité politique et le désintéressement est complétement inexpugnable. Point de croix, point de places, point d'académie, point de fortune. Charité, serviabilité, mœurs irréprochables depuis que l'âge n'autorise plus les visites de Lisette et de Frétillon. Constance dans les opinions, éloignement de tout système. Il n'y a de faible que les chansons, ou, du moins, celles des chansons qui prêtent à la censure; mais, là-dessus, point de combat. L'auteur lui-même vous les livre.

« Je le confesse d'abord, dit-il; je conçois les reproches que plusieurs ont dû m'attirer de la part des esprits austères, peu disposés à pardonner quelque chose, même à un livre qui n'a pas la prétention de servir à l'éducation des demoiselles. Je dirai seulement, sinon comme défense, au moins comme excuse, que ces chansons, folles inspirations de la jeunesse et de ses retours, ont été des compagnes fort utiles, données aux graves refrains et aux couplets politiques.

S'agit-il de réclame? Il la fuit avec autant d'art que d'autres la recherchent. « Ce que je puis dire d'avance à ceux qui se font les exécuteurs des hautes-œuvres littéraires, c'est que je suis complétement innocent des éloges exagérés qui m'ont été prodigués; que jamais il ne m'est arrivé de solliciter le moindre article de bienveillance; que j'ai été même jusqu'à prier des amis journalistes d'être pour moi plus sobres de louanges. » Ceci comble la mesure. Quel maître d'escrime! « Que, loin de vouloir ajouter le bruit au bruit, j'ai évité les ovations qui l'augmentent; je me suis tenu loin des coteries qui le propagent, et que j'ai fermé ma porte aux commis voyageurs de la renommée... » A toi, critique! à toi maintenant, journaliste! ce coup droit, cette flanconnade, et la botte secrète! — Le pauvre homme! s'écrie à chaque coup le public.

Ce n'est pas tout. S'agit-il de sa renommée elle-même, de sa gloire future, de ce qu'a de plus précieux tout homme supérieur, loin de lui cette prétention de prétendre à rien de pareil. « Malgré tout ce que l'amitié a pu faire; malgré les plus illustres suffrages et l'indulgence des interprètes de l'opinion publique, j'ai toujours pensé que mon nom ne me survivrait pas, et que ma réputation déclinerait d'autant plus vite qu'elle a été nécessairement fort exagérée par l'intérêt de parti qui s'y est attaché. On a jugé de sa durée par son étendue; j'ai fait, moi, un calcul différent qui se réalisera de mon vivant, pour peu que je vieillisse. »

Il pressentait que la jeunesse variable, inconstante, parce qu'elle se renouvelle sans cesse et que chaque génération a ses façons de voir, de sentir et de comprendre, ne se contenterait peut-être plus des refrains de la Restauration. Et comme il ne voulait pas tomber, il s'est retiré en habile homme. «Quant à moi qui, jusqu'à présent (1834), n'ai eu qu'à me louer de la jeunesse, je n'attendrai pas qu'elle me crie : Arrière, bonhomme! laisse-nous passer. Ce que l'ingrate pourrait faire avant peu. Je sors de la lice pendant que j'ai encore la force de m'en éloigner. Trop souvent, au soir de la vie, nous nous laissons surprendre par le sommeil sur la chaise où il vient nous clouer, mieux vaudrait aller l'attendre au lit, dont alors on a si grand besoin. Je me hâte de gagner le mien, etc.»

Enfin, il n'est pas jusqu'à *l'accusation de vertu* dont il n'ait à l'avance compris les périls. Avec quelle légèreté française et quel esprit voltairien il se dégage de cet embarras singulier d'un homme qui, en même temps, a tout sacrifié au besoin de considération. « Des médisants ont prétendu que je faisais de la vertu. Fi donc! Je faisais de la paresse. Ce défaut m'a tenu lieu de bien des qualités; je le recommande à beaucoup de nos honnêtes gens. Il expose pourtant à de singuliers reproches. C'est à cette paresse si douce que des censeurs rigides ont attribué l'éloignement où je me suis tenu de ceux de mes honorables amis qui ont eu le malheur d'arriver au pouvoir. »

Ne dirait-on pas d'un fragment du *Mariage de Figaro?* Quel artiste! quel habile joaillier! Avec quelle dextérité il fait valoir le diamant et l'enchâsse tout en ayant l'air de n'en faire nul cas!

Il en est de cette vertu comme de la pudeur de la pucelle de Virgile, qui s'enfuit vers les saules en montrant ce qu'elle a de mieux.

Mais ceux qui ont pu adresser au célèbre chansonnier le reproche qu'il qualifie justement de *singulier*, n'en sont pas moins dans leur tort. C'est encore assez beau, par ce temps-ci, de voir un homme préférer au pouvoir, à la richesse, aux honneurs, la gloire d'une probité sans tache et d'un désintéressement à toute épreuve, dût la paresse, dussent même les calculs de l'orgueil, y être pour quelque chose. Ce serait, en tous cas, moins banal, et surtout moins dangereux, qu'une ambition visant au matériel. De telles vanités ne coûtent rien au peuple.

En dehors de toutes ces mièvreries, de toutes ces subtilités analytiques, plus intéressantes pour les psycologues que pour les politiques, il subsiste, en somme, un ensemble de faits qui caractérisent M. de Béranger de la manière la plus honorable.

Homme de bien, homme d'un prodigieux esprit de finesse, poëte national, il a rendu, dans son temps, à la cause du peuple, à celle de la patrie, des services que le peuple et la patrie ne sauraient oublier. Son nom, comme celui de Lafontaine, restera cher à cette race maligne, qui aime l'égoïsme honnête, spirituel et savant, mieux peut-être que la vertu, dont la figure, presque toujours couverte des tragiques stigmates du sacrifice, effraie cette multitude à qui toute autorité cause un malaise. . .

Cette notice était écrite avant la mort de l'homme illustre à qui elle est consacrée. Des motifs de convenance nous en ont fait ajourner la publication. Le dénouement de cette longue carrière n'offre rien, d'ailleurs, qui doive modifier notre appréciation. M. de Béranger est mort en chrétien. Il a été enterré avec une grande pompe militaire. Selon son vœu, ses funérailles n'ont donné lieu à aucun désordre. Et, après avoir esquivé tant de difficultés dans sa vie, le bon vieillard ne pouvait mieux finir.

Nous vivons en un temps de douleur, où la mort fait moisson de grands hommes. L'Europe se découronne de ses gloires les plus pures. Hier, c'était Béranger, aujourd'hui c'est Manin que nous pleurons. Cher et noble ami, honneur éternel de l'Italie, en contemplant ton front glacé par la mort, mais où la raison brillait comme un reflet oublié de la lumière divine, je crus y lire encore la pensée de la patrie absente !

Les personnes qui ont aimé Manin conserveront un sentiment de reconnaissance envers MM. Degli Antoni, Ulloa, Ary Scheffer et Planat, hommes excellents, rares amis. Une femme d'une angélique bonté, Mme Planat, après avoir jadis veillé au lit de mort de Mlle Manin, a montré, au chevet du père, le même inaltérable dévouement.

Parmi la foule qui assistait aux funérailles de Manin, nous avons remarqué, outre les personnes citées dans les journaux, beaucoup d'hommes distingués. Voici quelques-uns de ces noms : le général Mieroslawski, Caimi, lieutenant-colonel à la défense de Venise, Pierre Giannone, le doyen des émigrés italiens à Paris ; de Luca, le chimiste ; Joseph Garnier, Guillaumin, Villaumé, le docteur Chaissé, Henri Viart, Polet, le sculpteur ; Madier de Montjau père, etc.

HIPPOLYTE CASTILLE.

FERDINAND SARTORIUS, ÉDITEUR, 9, RUE MAZARINE.

Pour paraître prochainement :

ÉTUDES ET VOYAGES

PARIS — LA BELGIQUE
LA HOLLANDE

PAR M. FERNAND LAGARRIGUE

1 VOL. IN-18.

Prospectus.

Un auteur que ses incessants travaux dans le journalisme ont déjà fait connaître avantageusement en France et à l'étranger, publiera prochainement un ouvrage appelé, par l'intérêt tout particulier du sujet, à un succès des plus honorables.

M. Lagarrigue, qui sait combien les œuvres du genre de celle à laquelle il doit attacher son nom meritent de recherches, a étudié de près Paris, ses peines et ses plaisirs, sa misère et son opulence, la Belgique et la Hollande, pays dignes à tant de titres des sympathies de tous.

Le livre que nous annonçons ne sera pas seulement un rapide voyage à travers les villes où les merveilles de l'architecture sont si nombreuses, mais il donnera aussi des études de mœurs. L'auteur s'efforcera également d'ajouter quelques détails nouveaux et inédits aux ouvrages publiés antérieurement sur le même sujet.

Ce volume trouvera sa place dans toutes les bibliothèques, les voyageurs le liront avec intérêt, tant pour la forme agréable du style de son auteur, que pour leur instruction et leur amusement.

Paris, septembre 1857.

FERDINAND SARTORIUS,
Éditeur.

IMP. DE L. TINTERLIN ET Ce, RUE Ne-DES-BONS-ENFANTS, 3

www.ingramcontent.com/pod-product-compliance
Ingram Content Group UK Ltd.
Pitfield, Milton Keynes, MK11 3LW, UK
UKHW012101240726
13965UKWH00004B/1450

9 782013 403597